Gustave Michaut

La Prudence

de l'Aède

ANGERS

GERMAIN ET G. GRASSIN, IMPRIMEURS LIBRAIRES

10, rue du Cornet et rue Saint-Laud

--

1903

Gustave Michaut

La Prudence
de l'Aède

ANGERS

GERMAIN ET G. GRASSIN, IMPRIMEURS-LIBRAIRES

10, rue du Cornet et rue Saint-Laud

1903

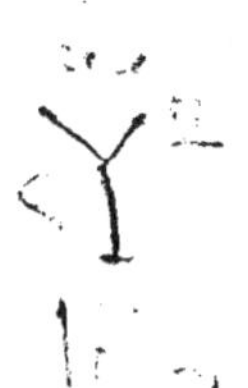

La prudence de l'Aède

Depuis huit années, le Roi des hommes Ménélas subissait des maux sans nombre, errant avec sa nef sur la mer mouvante. Car, retenu par la colère des dieux loin de la vaste Lacédémone féconde en guerriers, il était poussé çà et là par des vents capricieux. Et il avait vu Chypre, et la Phénicie, et le pays des Égyptiens subtils, et les contrées des noirs Éthiopiens, et les Érembes, et la Lybie brûlée du soleil, et bien d'autres terres lointaines où vivent les hommes qui parlent des langues étrangères. Mais, quoiqu'il eût amassé parmi eux beaucoup de richesses et d'or, et quoiqu'il emmenât avec lui l'Argienne aux beaux yeux, Hélène, qu'il avait reconquise sur son perfide ravisseur, après avoir détruit la sainte Ilion et pris sa part d'un butin innombrable, le regret de sa chère ville consumait son cœur.

Enfin, ayant interrogé le prophétique Vieillard de la mer, il entendit de lui quelles morts cruelles avaient saisi les chefs des Achéens magnanimes et comment le Prince des peuples Agamemnon avait succombé à la perfidie du traître Égisthe, tué pendant le repas comme un bœuf égorgé dans l'étable. Mais, bien que, par ces choses, son âme fût brisée de douleur et qu'en son cœur il ne désirât plus vivre ni voir la douce lumière, son âme et son cœur généreux se réjouirent de nouveau, lorsqu'il eut appris

du véridique Devin comment il pourrait apaiser les
dieux. Ayant donc conduit sa nef vers les eaux du
fleuve Égypte, dont la tète est cachée en de loin-
tains déserts, il offrit une belle hécatombe aux dieux
qui habitent le vaste ciel. Alors, après avoir dressé
le mât et déployé, en les rattachant par des cour-
roies, les voiles de la nef égale, il ordonna à ses
compagnons de s'asseoir au banc des rameurs ; et
tous, assis en ordre, frappèrent de leurs avirons les
eaux écumeuses, et un vent sonore gonfla par le
milieu les voiles blanches, et la nef fraya sa route
sur le dos de la vaste mer, et, de la proue à la
poupe élevée, le flot azuré courait le long de la carène,
en bouillonnant.

Mais comme Ménélas avait déjà dépassé l'île de
Crète, où habitent les Cydones, voici que la grande
voix des vents tempétueux retentit au-dessus de sa
nef, et les fureurs de la mer, déchaînées pendant la
nuit, soulevant contre elle des vagues semblables à
des montagnes, l'emportèrent loin de sa route. C'est
pourquoi le blond Ménélas répandit des larmes
amères, implorant les dieux, jusqu'à ce qu'enfin, le
courroux des Immortels s'étant apaisé, les eaux rede-
vinrent calmes. Et comme le Roi des hommes avait
aperçu une petite ile, il ordonna à ses fidèles compagnons d'y pousser la nef creuse, afin de puiser une
eau douce qui leur servit de breuvage. Eux, ils lui
obéirent. Et lorsque la nef eut été tirée sur la plage,
tous en descendirent, afin que la divine Hélène se
reposât des fatigues de la mer, accompagnée du héros
Ménélas et entourée des plus âgés d'entre les guerriers. Cependant les plus jeunes partaient à la
recherche, les uns portant les outres vides, les autres

tenant tout prêts leurs traits acérés, si quelque étranger impie, ennemi des hôtes que Zeus envoie, les voulait assaillir.

Or ceux qui étaient restés sur le rivage entendirent subitement de grandes clameurs poussées derrière les rochers et derrière les arbres ; et déjà ils étaient troublés dans leur âme, quand ils aperçurent leurs chers compagnons qui revenaient avec les outres remplies et portant un vieillard débile. Ils l'avaient vu près des sources fraîches, gisant à terre dans des haillons souillés, à demi-mort et luttant avec peine contre les ongles des oiseaux carnassiers ; et il leur avait demandé assistance, les suppliant par de douces paroles. Aussitôt qu'il put reconnaître le visage du vieillard vénérable, le blond Ménélas s'émut grandement ; et, s'écriant, il le nomma par son nom et lui parla : « Est-ce bien toi, Euphémios, harmonieux aède, à qui l'Atride Agamemnon partant pour Troie avait remis en garde la Reine Clytemnestre ? Comment as-tu été jeté dans cette île, loin d'Argos nourrice de chevaux ? Et la Reine, elle aussi comme le glorieux Prince des peuples, a-t-elle donc été victime de la ruse des hommes méchants ? »

Mais l'aède était trop affaibli pour parler. C'est pourquoi, l'ayant porté dans la nef creuse, ils s'empressèrent autour de lui, et, après avoir lavé ses membres épuisés, ils lui versèrent un vin noir et lui dispensèrent des mets agréables. Puis, lorsque son cœur eut été rassasié de nourriture, ils l'étendirent sur une toison épaisse, afin que le doux sommeil refit son corps fatigué. Mais, le lendemain, pendant que la nef se hâtait vers Lacédémone sur la mer aux bruits nombreux, le héros Ménélas et l'Argienne au visage éclatant vinrent tous deux interroger le vieillard. Et ils se tenaient sur la poupe élevée : lui, couché sur un amas de peaux souples, tandis que Ménélas était assis sur son trône poli, et la femme divine, Hélène aux beaux yeux, siégeait non loin sur un trône orné de clous d'or, comme siége dans les temples l'image d'Aphrodite, honorée par des offrandes et par des prières.

Et le vieillard leur adressa ces paroles ailées :

« Roi des hommes, Ménélas, je vais te dire ce qui est arrivé et je ne te cacherai rien et ne te tromperai pas. Non, la Reine impérieuse n'a pas été victime de la ruse des hommes méchants : mais c'est elle-même qui a ordonné de me jeter dans cet îlot désert pour être déchiré par les oiseaux carnassiers. Sans doute un dieu (je ne sais quel dieu) a égaré son esprit. Car je ne puis comprendre comment son cœur a accueilli de tels desseins, et les projets impies ont triomphé dans son âme, alors que rien ne les avait fait attendre. Écoute mon récit fidèle et, l'ayant écouté, tu jugeras comme moi qu'une divinité méchante l'a conduite malgré elle dans des voies mauvaises.

Lorsque le Prince des peuples Agamemnon partit pour Troie, tu n'as pas ignoré qu'il confiait à ma garde son épouse irréprochable. Et j'étais sans inquiétude dans mon cœur, connaissant quelle était la Reine Clytemnestre. Car je savais qu'elle attendrait avec impatience le jour où un dieu propice lui ramènerait son mari sain et sauf des hasards de la guerre et où elle lui ouvrirait les portes, lui disant : « Me voici ! et tu me retrouves dans ta demeure bien bâtie, telle que tu m'as laissée, gardienne de ta mai-

son et de tes biens, douce à ceux que tu aimes et
dure à tes ennemis, semblable à moi-même et ne
connaissant point les entretiens coupables, mais
fidèle et joyeuse de ton retour ! » Je savais cela, car
je n'ignorais point qu'elle obéissait à ses bonnes
pensées.

Ainsi, n'ayant point à cœur d'autre souci que de
lui faire estimer moins nombreux les jours nombreux
de l'absence, je cherchais à charmer ses ennuis. Et
chaque jour, après que, comme une maîtresse infatigable qui a l'œil ouvert pour remarquer toutes
choses et n'oublie rien d'utile, elle avait parcouru
les hautes chambres de la demeure bien bâtie, don-
nant leur tâche aux serviteurs dociles et aux belles
servantes et dispensant l'éloge et le blâme avec jus-
tice, elle venait s'asseoir à son foyer, à la splendeur
du feu, filant une laine pourprée admirable à voir.
Je siégeais près d'elle, tenant ma cithare sonore, et
je chantais la destinée des Achéens magnanimes
entraînés aux guerres lointaines par les deux Atrides,
le Prince des peuples Agamemnon, et toi, héros
Ménélas : car si les oreilles des mortels sont charmées par les choses très anciennes qu'elles n'ont
jamais entendues, elles sont charmées aussi par les
choses récentes. C'est pourquoi je célébrais la foule
des Achéens aux belles cnémides rassemblés au bord
de la mer, et la flotte innombrable des nefs noires,
bien munies d'agrès et d'avirons, et l'éclat des lances
et des boucliers polis agités sur la grève, et l'ar-
deur des guerriers montant sur les nefs, et la clameur belliqueuse qu'ils poussaient au moment du
départ, semblable aux cris aigus des aigles qui,
volant en cercle, agitent rapidement leurs ailes au-

dessus du nid vide d'où le pasteur a ravi leurs petits. Et je rappelais que pour une seule femme tant de guerriers se pressaient autour des chefs des peuples comme le troupeau se serre autour du berger, avides de donner la mort cruelle et oublieux qu'ils la pouvaient recevoir.

Et le cœur de la Reine irréprochable prenait plaisir à ces chants harmonieux. Mais bientôt, les ayant entendu répéter, elle s'irrita dans son âme contre celle qui avait attiré tant de maux sur les Achéens. Et elle me dit, m'interrogeant : « Était-elle donc vraiment si belle, cette Argienne effrontée, pour que tant d'hommes encourent à cause d'elle les fatigues d'une longue navigation et les périls de la mêlée ardente, et pour qu'ils aillent la redemander avec les lances ? » Et moi, afin de lui montrer que la fille de Léda avait usé pour le mal des dons que les dieux bienfaisants lui avaient accordés, je lui répondais ces paroles véridiques : « Reine Clytemnestre, tu l'as vue toi-même et tu sais qu'elle est la plus belle d'entre les femmes. Et elle marchait à travers les salles brillantes du palais Argien, semblable à une déesse et non point à une mortelle par la taille et par la beauté ; et elle allait, admirable à voir, calme comme la mer tranquille, parure de la demeure d'un Roi, charme des yeux qui la contemplaient. Car ses regards répandaient l'amour parmi les hommes, et les autres femmes, s'étonnant de sa beauté, se réjouissaient de la voir. »

Et la Reine impérieuse s'indigna grandement et, pour exciter en son cœur un blâme légitime, elle me disait ces paroles : « Harmonieux aède, quoique j'aie su ces choses, dis-moi si bien des hommes ont brûlé

du désir de s'unir d'amour avec elle. » Et je lui
répondis, parlant ainsi : « Certes, Reine Clytemnestre, ce sont là des choses que tu as sues, et si tu
les redemandes, c'est que tu les as oubliées, les
ayant sues. C'était la Fleur du divin Désir et elle
troublait les cœurs. Car, lorsqu'elle vivait, encore
vierge, dans les demeures paternelles, bien des héros
ont brûlé du désir de s'unir d'amour avec elle ; et
bien des jeunes hommes illustres par leur naissance
et par leurs richesses ont désiré l'obtenir pour épouse,
afin que, l'ayant emmenée, il fussent joyeux dans
leur demeure bien bâtie ; et ce fut une grande douleur pour bien des Argiens, quand le Roi des
hommes Ménélas, ayant offert à son père de riches
présents, la conduisit pour être reine dans la vaste
Lacédémone. Et plus tard, lorsque le perfide étranger, Alexandros, eut été reçu en hôte dans la demeure du héros aimé d'Arès, le dur Amour le dompta
par elle, comme il en avait dompté beaucoup d'autres.
Et certes, il n'ignorait point quels maux innom-
brables elle devait attirer sur lui et sur son peuple et
sur la chère terre de sa patrie. Mais il choisit de
l'emmener, emportant en dot l'incendie de la sainte
Ilion et les massacres des peuples et une mort
funeste pour lui-même ; et il accepta tous ces maux,
pourvu qu'il pût auparavant rassasier son désir. Or,
elle, abandonnant sa chambre nuptiale et sa fille
déjà née et ses frères et les chères compagnes de sa
jeunesse, elle céda aux douces paroles et aux présents et elle suivit le Phrygien efféminé, car son
destin l'avait voulu ainsi ; mais elle aurait pu suivre
beaucoup d'autres que le désir de sa beauté avait
avant lui maîtrisés. »

Et chaque jour la Reine impérieuse s'irritait davantage ; et elle parlait sans cesse de l'Argienne, m'interrogeant sur la grâce de son corps admirable à voir et de son visage brillant, et sur ceux qu'elle avait domptés d'amour. Et, comme je voyais qu'elle nourrissait en son cœur une grande colère, je m'en réjouissais et j'aimais à dire la beauté de l'Argienne ; et les dieux me dictaient les paroles propres à la décrire, afin de faire entendre comment une seule femme était devenue funeste à tant d'hommes courageux.

Et un courroux encore plus grand brûla dans le cœur de la Reine, lorsque des messagers rapides, porteurs de nouvelles, furent arrivés de l'armée des Achéens chevelus. Car elle s'était flattée en son esprit, espérant que les hommes Troyens ne voudraient pas, à cause d'une étrangère, affronter la guerre redoutable ; mais plutôt, elle avait estimé qu'ayant vu les nefs ennemies tirées sur leur plage, et les tentes sans nombre dressées devant leurs tours, et la clameur hostile épandue autour de leur ville, ils la renverraient, la livrant ignominieusement. C'est pourquoi, apprenant que pour elle ils affrontaient la guerre redoutable et mettaient en péril les temples de leurs dieux, et les tombeaux paternels, et la chère tête de leurs enfants et de leurs femmes, et leur douce vie à eux-mêmes, elle se répandit en paroles amères, blâmant outrageusement la folie des hommes et la méchanceté de la femme infidèle. Et moi, afin d'exciter en sa poitrine cette colère bonne et féconde en sages desseins, je lui dis comment les vieillards, ayant contemplé l'Argienne debout dans ses longs voiles sur leurs hautes murailles, étaient devenus aussi insensés que

les jeunes hommes et qu'ils estimaient juste de souffrir tant de maux pour sa beauté. Alors pleine de courroux, la Reine maudit l'heure où Hélène était née dans
Argos nourrice de chevaux, et l'heure où le héros
Ménélas l'avait emmenée, l'ayant épousée, dans la
vaste Lacédémone, et l'heure où, pour la perte
d'Achéens nombreux, elle avait suivi Alexandros aux
molles pensées ; et, avec des paroles violentes, l'épouse
irréprochable augurait qu'après leur victoire, les
Achéens irrités la perceraient de leurs lances aiguës,
vengeant sur elle les maux subis.

Et enfin un jour, la veille du jour où s'accom-
plirent les choses terribles, entends, ô Roi des
hommes, quelles paroles furent échangées dans la
demeure Agamemnonienne. Je m'étais tenu très
longtemps, en vain, proche des colonnes de la salle
brillante, car elle n'était pas encore venue siéger
devant la flamme infatigable. Et les belles servantes
m'annonçaient que la maîtresse errait çà et là dans
les chambres des femmes, troublée, et ne faisant
aucune chose utile, et ne distribuant aucune tâche aux
dociles serviteurs, et semblant agiter en son esprit
bien des pensées. C'est pourquoi je compris que le
regret de son époux absent mordait son cœur, et
quoique mon âme fût affligée de son chagrin, je me
réjouissais de ce qu'elle conservait le souvenir fidèle
du Prince des peuples, qui me l'avait remise en garde.

Or, étant venue enfin à son foyer, elle s'assit sur
son trône richement orné ; et elle portait sur ses
genoux des laines souples teintes de couleurs variées ;
et ses belles servantes assises autour d'elle, les rece-
vant de ses mains, les disposaient dans des corbeilles
tressées ; et chaque corbeille contenait les laines

d'une même couleur. Cependant, je commençai à célébrer l'illustre Atride, Agamemnon, fils de Zeus. Mais subitement, ayant rejeté les laines colorées, elle m'adressa ces paroles rapides ; et les flots des laines se répandirent sur le sol égal, et les actives servantes les ayant rassemblées, les emportèrent.

Et la Reine impérieuse m'interrogeant, me dit : « Écoute, divin aède, les demandes que je veux te faire, et ne me trompe point, mais bien plutôt réponds-moi des paroles sincères, car les aèdes connaissent des dieux la vérité. Dis-moi si je suis aussi belle que l'Argienne infidèle ? » Et je répondis, connaissant les paroles convenables pour charmer son cœur dans sa poitrine : « Reine Clytemnestre, les dieux propices, qui habitent le vaste ciel et font le départ des destinées entre les humains à la voix articulée, t'ont dispensé des dons bien plus précieux qu'à Hélène aux bras blancs. Car, bien qu'elle soit la plus belle des femmes et plus semblable à la déesse Aphrodite qu'à une mortelle née des mortels, elle est devant vieillir comme les autres femmes et sa beauté ne subsistera plus, une fois les années écoulées. Mais toi, tu as été douée d'un esprit prudent et sage, et tu gouvernes ta maison en maîtresse infatigable, et ton époux se réjouira de t'avoir emmenée dans sa riche demeure, voyant combien tu y as réglé toutes choses selon l'ordre désirable, même en son absence. Et plus tu avanceras en âge, plus tes dons, à toi, s'accroîtront encore, et les peuples, admirant ta sagesse, se confieront à ton expérience et recevront tes conseils. »

Et je lui avais dit de bonnes paroles propres à réjouir son esprit. Mais son front parut encore plus

sombre, et je vis bien qu'elle agitait en son cœur le
regret des éloges de son mari absent. Et, ayant gardé
le silence, elle m'interrogea encore : « Aède, crois-tu
que l'Argienne effrontée ait été la seule avec qui des
hommes nombreux aient désiré s'unir d'amour ? et
penses-tu que je pourrais aussi faire naître ces
désirs ? » Et je répondis, prononçant des paroles
flatteuses, quoique véridiques : « Reine Clytemnestre, tu inspires des pensées bien plus sages, et,
te voyant, tous les hommes, pleins de respect, t'ad-
mirent grandement ; et parce qu'ils te connaissent
pleine de sagesse, aucun d'eux n'oserait t'offenser,
t'adressant des paroles outrageantes. Car tu sais
combien il est honteux pour une femme irréprochable d'entendre des discours indignes, et par derrière des langues méchantes la déchirent. Mais toi,
réjouis toi et sois fière de ce que tous t'honorent,
t'estimant prudente et telle que tu doives rester
irréprochable. »

Mais mon discours, quoique favorable, ne put
apaiser sa douleur. Et, sans doute, elle médita en
son âme le triste départ des guerriers et le délire
insensé des Troyens, cause de la guerre ; car une
troisième fois elle m'interrogea, parlant en paroles
pressées : « Chanteur, penses-tu que si j'avais fui,
suivant un homme étranger, les Achéens chevelus
m'iraient redemander avec la lance, s'exposant pour
moi à la mort amère ? et les vieillards vénérables
refuseraient-ils de me renvoyer, estimant juste de
souffrir pour moi des maux sans nombre ? » Et je
lui répondis, lui adressant en retour ces mots ailés :
« Certes, Reine Clytemnestre, tu demandes des choses
auxquelles il est difficile de répondre ; car les Achéens

te connaissent pleine de sagesse, et si quelqu'un leur
disait que tu as fui, suivant un homme étranger, ils
ne pourraient retenir leurs rires, ne le croyant pas.
Et les vieillards étrangers t'ayant contemplée ne
concevraient point des pensées de jeunes hommes ;
mais bien plutôt, formant en leur esprit les sages
pensées convenables à leur âge, ils méditeraient de
te donner pour femme à leur fils, afin que tu pré-
sides en leur demeure et que tu y gouvernes tout
sagement, avec un ordre admirable et une prudente
économie. »

Et, sans doute, la Reine impérieuse fut flattée de
mes paroles ; car elle ne répondit rien, et s'en alla,
n'ayant rien répondu, dans les chambres des femmes.
Et moi, joyeux d'avoir par des paroles élogieuses,
calmé sa douleur, j'allai m'étendre sur une toison
épaisse afin de livrer mon corps au doux sommeil.

Mais c'est alors qu'un dieu mauvais, pénétrant en
la belle demeure de l'illustre Atride Agamennon,
vint égarer l'esprit de l'épouse. Car, comme je repo-
sais, des mains brutales me tirèrent du doux sommeil
et je me sentis lié par un filet cruel : et, à la lueur
des torches, je vis la Reine impérieuse et le perfide
Égisthe et des homme violents qui me tenaient dans
les liens. Et la Reine Clytemnestre me parla en
paroles outrageuses, m'appelant vieillard insensé et
disant que les années avaient obscurci mon esprit ;
et elle nommait Iphigénie avec des cris, rappelant
le sacrifice funeste de sa fille bien aimée ; et je ne
sais pourquoi elle nommait en même temps Hélène
et se nommait elle-même, et nommait à la fois le
Phrygien Alexandros et l'irréprochable Égisthe,
mélant les noms avec un esprit égaré et se vantant

follement d'actions coupables. Et elle dit : « Les dieux eux-mêmes ont prononcé sur son sort, ayant troublé sa pensée et lui ayant refusé la vérité : car il ne dit que des discours menteurs. Allez, et l'ayant emporté, jetez le dans un îlot désert, pour être déchiré par les oiseaux carnassiers ! » Et les hommes ayant accompli ce qu'elle avait ordonné, je serais mort dans cette île sans ton retour, héros Ménélas ! Mais plus j'agite ces choses en mon esprit, plus je vois clairement qu'elle a été entraînée, ne le voulant pas et ne sachant plus ce qu'elle faisait, par quelque dieu mauvais, irrité contre la maison des Atrides divins. »

Et le blond Ménélas, ayant longuement médité, répondit au vieillard vénérable : « Certes, tu dis vrai, divin aède. Car un délire cruel, envoyé par quelque divinité, a égaré l'esprit de la sage Clytemnestre. Et la puissance des dieux est redoutable. »

Or la divine femme, Hélène au long péplos, était restée assise sur son trône richement orné, immobile et admirable à voir, comme une statue honorée d'Aphrodite. Et elle n'avait point rougi ni baissé ou détourné les yeux lorsque l'aède imprudent avait prononcé sur elle des paroles amères, entendant et semblable à celle qui n'entend pas : car elle n'avait aucun regret des choses qu'avait voulues le Destin. Mais, le vieillard s'étant tu et le blond Ménélas ayant parlé à son tour, elle sourit ; et, après avoir souri, elle leur adressa ces paroles ailées :

« Ménélas, cher à Arès, occupe-toi de guider les guerriers bien cuirassés à travers la mêlée orageuse, au milieu des lances aiguës et des traits redoutables, ou de diriger la course d'une nef rapide sur le vaste dos de la mer : car les dieux t'ont rendu habile en ces choses. Mais ne cherche point à pénétrer les pensées mobiles des femmes.

Et toi, vieillard aveugle — et je ne t'adresse aucun reproche, car les aèdes divins ne sont responsables de rien et Zeus dispense ses dons aux poètes comme il lui plaît — sache que c'est toi-même qui as égaré l'esprit de la Reine Clytemnestre. Certes, si Zeus eut voulu t'inspirer les paroles convenables, tu ne lui aurais point dit ces choses, mais les choses contraires. Et à celle qui t'interrogeait, tu aurais répondu qu'elle était plus belle que les autres mortelles, et que des hommes nombreux avaient désiré s'unir d'amour avec elle, et que pour elle les Achéens magnanimes auraient affronté bien des guerres et les vieillards même perdu la prudence. Ainsi, elle n'eût pas songé à rappeler en son souvenir le sacrifice cruel de sa fille immolée, pour en irriter son cœur contre son époux, le Prince des peuples Agamemnon. Mais bien plutôt, attentive à se défendre des hommes insolents, et craignant de troubler les cœurs, elle n'eût regardé aucun homme étranger et n'aurait pas entendu les discours impudents du traître Égisthe. Mais les paroles des poètes sont puissantes pour le mal comme pour le bien ; et c'est par toi que l'illustre Atride est tombé, comme un taureau sanglant ; et tes paroles ont été meurtrières.

Car nulle femme ne pardonne l'injure de sa beauté méprisée. »

Angers, imp. Germain et G. Grassin. — 691-3